# „Frei sollen die Frauen sein …“

*Gedanken der Kaiserin*
ELISABETH *von* ÖSTERREICH

Herausgegeben von
Renate Daimler

Mit 18 Abbildungen

VERLAG CHRISTIAN BRANDSTÄTTER · WIEN–MÜNCHEN

# VORWORT

Hundert Jahre nach dem Tod der Kaiserin von Österreich ist das Bild von der süßen, kleinen Sisi endgültig überholt – und hat einem neuen Klischee Platz gemacht.

Neuere Biographien zeigen eine verbitterte, unglückliche, magersüchtige Frau, die durch die Welt irrt und auf allen Ebenen versagt hat: als Herrscherin, als Frau und als Mutter. Immer noch hat der Satz Gültigkeit, den Elisabeth ihrem griechischen Vorleser Constantin Christomanos gesagt hat: „Die Leute wissen nicht, was sie mit mir beginnen sollen, weil ich in keine ihrer Traditionen und längst anerkannten Begriffe hineinpasse. Sie wollen nicht, daß man ihre Schubladenordnung störe."

Selbst wenn das Bild, das wir heute von ihr sehen, einem Teil ihrer Persönlichkeit entspricht, so ist es sicher nicht die ganze Wahrheit und wird dieser faszinierenden Frau nicht gerecht.

Vielleicht war sie keine gute Kaiserin, weil sie das Alte, das ohnehin zum Sterben verurteilt war, nicht mehr mittragen wollte oder konnte. Wahrscheinlich war sie nicht die passende Frau für Franz Joseph, der ihre Wolkenkraxeleien nicht verstand. Aber wie hätte eine Fünfzehnjährige, die vom mächtigsten Herrscher Europas erwählt wird, nein sagen können.

Mit heutigen Maßstäben gemessen war sie auch keine ideale Mutter. Die Wahrheit ist wohl vielschichtiger. Sie konnte sich gegen die Enteignung ihrer Kinder durch ihre Schwiegermutter Sophie nicht wehren, obwohl sie mit Sicherheit sehr darunter gelitten hat.

Dennoch war sie in ihren späteren Jahren eine starke Frau, eine Vorkämpferin der Frauenbewegung, eine Naturschützerin, eine Philosophin, eine Lyrikerin, eine Politikerin, eine Spitzensportlerin, eine Intellektuelle und zudem noch eine spirituelle Frau. Zuviel für das neunzehnte Jahrhundert, ja selbst für die Gegenwart noch eine Herausforderung.

Wir verdanken den Zitaten aus dem Tagebuch von Constantin Christomanos einen Einblick in das Leben und die Gedanken von „Sisi", die man kaum noch so nennen will, wenn man ihre Worte gelesen hat.

*Renate Daimler, Wien, im März 1998*

# ÜBER CONSTANTIN CHRISTOMANOS

Es war die Liebe eines jungen Mannes zu einer reifen Frau. Als der Grieche Constantin Christomanos der Vorleser und Lehrer der Kaiserin von Österreich wurde, war sie Mitte fünfzig und er Mitte zwanzig. Er war ein kleiner, buckliger Student, der nichts vom Leben wußte und mit seinem Bruder in einer Zinskaserne in Untermiete wohnte: „Wir lebten einfach und ruhig, vor Thorsperre nach Hause kommend, um uns in unsere Bücher zu vergraben."

Es war ein ganz gewöhnlicher Tag wie alle anderern zuvor, an dem sich das Leben der beiden jungen Griechen mit einem Schlag änderte: „Ein Lakai brachte einen Brief von einem sehr hochgestellten Herrn, der mit uns bekannt und etwas verwandt war. Ich weiß nicht, wo der Brief hingekommen ist, aber es stand darin schwarz auf weiß, dass einer von uns beiden sich sofort zum Oberhofmeister Ihrer Majestät der Kaiserin, Baron Nopcsa, in die Hofburg begeben solle ..." Man ließ wissen, daß sie einen Griechischlehrer wollte, der sie unterrichtete, während sie spazieren ging.

Die beiden Brüder sahen einander sprachlos an, und weil sie schüchtern waren und Angst vor der großen Aufgabe hatten, kämpften sie darum, wer zu Hause bleiben dürfe: „Wir haben uns lange gestritten, jeder die Vortheile des anderen ins rechte Licht stellend, um sich hinter der eigenen Unzulänglichkeit zu schützen. Endlich überredete ich meinen Bruder zu gehen."

Von nun an fuhr jeden Morgen um zehn Uhr eine Kutsche vor dem einfachen Haus in der Wiener Alserstraße vor, holte Anton ab und brachte ihn zu der schönen Herrscherin, deren legendärer Ruf längst zu den beiden Studenten gedrungen war. „Ein große Unruhe war in mein Leben getreten und hatte seine stillen Wasser aufgewühlt. Ungeduldig erwartete ich jeden Abend die Heimkehr meines Bruders aus Lainz ...".

Aus dem Zuckerbäckerladen, aus der Tabaktrafik, von überall liefen die Menschen zusammen, wenn der junge Grieche in den prächtigen, von Schimmeln gezogenen Wagen stieg. Er wurde angestarrt und beneidet, die Blicke folgten ihm, bis er in der Ferne des Alsergürtels verschwunden war. Für ihn, mit „seiner krankhaften Scheu vor der Öffentlichkeit", war es ein unerträglicher Spießrutenlauf.

„Als er zurückkam“, erzählt Constantin, „las ich ihm etwas intensiv Empfundenes, gleichsam mühsam Ertragenes vom Gesichte ab. Sein Mund war verzogen zu einem blassen Lächeln, das mehr einem Weinen glich, wie es bei ihm immer der Fall ist, wenn etwas Unerhörtes passirt (…). Er sagte nur: ‚Sie war außerordentlich gütig mit mir, sie ist viel schöner noch wie auf den Bildern: sie ist unbeschreiblich; sie spricht ganz leise und langsam mit einer singenden Stimme. Wir sind zwei Stunden lang im Garten gegangen und haben über alles Mögliche gesprochen. Sie hat mich über Papa und Mama und unsere Geschwister gefragt, am meisten über dich.‘“

Und so gelangt auch Constantin durch die Erzählungen seines Bruders ins Bewußtsein der Kaiserin, die nach wenigen Tagen verlangt, ihn kennenzulernen.

Für ihn ist es Liebe auf den ersten Blick: „Was wir alles gesprochen haben? Wenn ich mich daran erinnern will, erstickt das Einzelne gleichsam in einer dichten Wolke von etwas unsäglich Beglückendem. So fühlt, wer aus dem Schlafe erwacht bis in die tiefsten Fasern seines Wesens beseligt, gleichsam die Brust voller Blumenduft, und nicht mehr weiß, was er geträumt hat …“

Wenn der verliebte Vorleser in seinem Tagebuch die Kaiserin beschreibt, dann in poetischen Bildern und Wortkaskaden, um für ihre Schönheit und Anmut Gleichnisse zu finden:

„Ihr Haupt erhebt sich auf ihren Schultern mit jener zarten Grazie, welche den Blüten auf langen Stengeln zu eigen ist."

„Ihr Antlitz ist von schimmernder Blässe, der alle eifersüchtigen Strahlen der südlichen Sonne nichts anhaben konnten, ..."

„Ihre Hände sind mager, gebrechlich, in die Lilien ihrer Finger verhauchend. Sie sind wie frierende Blumen."

„Ihre ganze Gestalt, allzu fließend, um nur schlank genannt zu werden, seufzt wie eine Cypresse zum Himmel, flutet wie die Wellen, wenn sie ruhen und athmen ..."

„Sie geht weniger als sie wandelt – eher könnte man sagen, sie gleitet – den Oberkörper leicht nach rückwärts und in die schlanken Hüften gewiegt."

„Rein und hell und wie in musikalischen Fugen spricht sie, doch nur langsam und leise. Als wäre ich in der Nähe einer einsamen Quelle, die heimlich in langsamen Klagen rieselt, (...)."

„Sie lacht fast nie – nie wenn sie ihr wahres Leben lebt; nur wenn das gemeine Leben der Leute oder was wir Realität nennen, ihrem inneren Wallen sich entgegenstellt, (...) dann lacht sie, leise girrend und convulsivisch bis zu Tränen ...“

Constantin Christomanos beschreibt so eine Frau, die für die Zeit, in der sie lebt, schon alt ist und die Spuren ihrer Vergänglichkeit hinter Fächern und Schleiern verbirgt. Eine Frau, die der Konsul von Korfu bei seiner ersten Begegnung „häßlich, alt, spindeldürr aussehend, schlecht angezogen“ fand. Später allerdings, unter dem Eindruck ihrer charismatischen Persönlichkeit revidiert er seine Meinung und schreibt in sein Tagebuch: „Sie ist bezaubernd liebenswürdig, kann der Frau nicht widerstehen ...“

Die Kaiserin trifft ihre Wahl zwischen den Brüdern, Anton darf erleichert in seine Studierstube zurück, Constantin übersiedelt in die Hofburg, damit er ihr ständig zur Verfügung stehe.

Er ist viel mehr als nur ihr Griechischlehrer und ihr Vorleser. Er ist Elisabeths Vertrauter, ihr Begleiter auf den endlosen, langen Spaziergängen, auf ihren Reisen. Keiner erlebt so hautnah ihre wechselnden Stimmungen, ihre Verletzlichkeit, ihre Spontaneität, ihre Depressionen.

Christomanos ist dabei, wenn sie stundenlang frisiert wird, und beschreibt die intime Zeremonie, die eher einer kultischen Handlung gleicht, im Detail:

„Haare sah ich wie Wellen, den Boden erreichend und sich auf ihn niederlegend und weiterhin fließend: vom Haupt, dessen zarte anmuthige Form und reine vollendete Linie sie ungetrübt offenbarten (...), flossen sie herab über den weißen Mantel von Spitzen, der ihre Schultern bedeckte, ohne je zu verfließen.

Hinter dem Sessel der Kaiserin stand die Friseuse in schwarzem Kleide mit langer Schleppe, eine weiße spinnewebene Schürze sich vorgebunden, als Dienende selbst von imposanter Erscheinung (...).

Mit weißen Händen wühlte sie in den Wellen der Haare, hob sie dann in die Höhe und tastete darüber wie über Sammet und Seide, wickelte sie um die Arme wie Bäche, die sie auffangen möchte, weil sie nicht rinnen wollten, sondern fliegen ...“

Zwei Seiten in seinem Tagebuch füllen diese täglichen Stunden, in denen Elisabeth ihn teilhaben läßt an ihrem wichtigsten Ritual, das immer gleich endet:

„Dann brachte sie auf einer silbernen Schüssel die todten Haare der Herrin zum Anblick und die Blicke der Herrin und jene der Dienerin kreuzten sich eine Secunde – leisen Vorwurf bei der Herrin enthaltend, Schuld und Reue der Dienerin kündend. Dann wurde der weiße Mantel aus Spitzen von den fallenden Schultern gehoben und die schwarze Kaiserin entstieg gleich einer göttlichen Statue der bergenden Hülle. Die Herrscherin neigte dann den Kopf – die Dienerin versank in den Boden, leise flüsternd: ‚Zu Füßen Eurer Majestät ich mich lege' –, und so ward die heilige Handlung vollendet."

Kein gleichgültiger Mann kann so genau beobachten, keine Frau läßt sich bei einer so intimen Handlung, die für sie von großer Bedeutung ist, von einem Fremden zusehen, es sei denn, er steht ihr sehr nahe: „Ich fühle jeden Ihrer Blicke an meinen Haaren", sagte sie eines Tages zu ihm. „Eine merkwürdige Fascination üben diese Griechen aus! Ich werde meinen Arzt bitten, er soll Ihnen ein paar Scheuklappen verschreiben, wie für die jungen Pferde. Die müssen Sie jeden Morgen aufsetzen."

Die Kaiserin hat ihren verliebten Vorleser mit Sicherheit nicht erhört, wenngleich es wahrscheinlich ist, daß ihre Seelen sich trafen.

Und so wird Constantin nicht nur mit Worten belohnt, die er der Nachwelt erhält, er sieht auch intime Bilder, die er in seine poetische Sprache übersetzt:

„Sie ließ mich heute vor dem Ausfahren nochmals in den Salon rufen. An der offenen Thüre zwischen dem Salon und ihrem Boudoir waren Seile, Turn- und Hängeapparate angebracht.

Ich traf sie gerade, wie sie sich an den Handringen erhob. Sie trug ein schwarzes Seidenkleid mit langer Schleppe und von herrlichen Straußenfedern umsäumt. Ich hatte sie noch nie so pompös gekleidet gesehen. Auf den Stricken hängend, machte sie einen phantastischen Eindruck, wie ein Wesen zwischen Schlange und Vogel. Um sich niederzulassen, musste sie über ein niedrig aufgespanntes Seil hinwegspringen."

Elisabeth teilt ihre innere und äußere Welt mehrere Jahre mit dem jungen Mann und offenbart ihm ihre intimsten Gedanken. Constantin hängt an ihren Lippen, er verehrt sie und schreibt jeden noch so nebenbei gesagten Satz am Abend in sein Tagebuch. Mag er über das von Elisabeth Gesagte noch einen Hauch seiner eigenen Sprache gelegt haben, so wie es jeder tut, der Gehörtes wiedergibt, so erkennt man die Kaiserin dennoch in jedem Satz. Alles, was sie über Menschen, Tiere, Pflanzen, Politik oder Natur sagt, offenbart immer wieder ihre ureigenste Sicht der Dinge. Und so legen die Tagebuchblätter von Constantin Christomanos Zeugnis ab über eine außergewöhnliche, kluge, starke Frau, die in ihren Worten und Werken dem Zeitgeist weit vorausgeeilt ist.

## ÜBER DIE FREIHEIT DER FRAUEN

Frei sollen die Frauen sein; sie sind oft würdiger es zu sein als die Männer. Als bestes Beispiel haben wir die George Sand. Aber was die sogenannte Bildung betrifft, so bin ich dagegen. Je weniger die Frauen lernen, desto wertvoller sind sie, dann wissen sie alles aus sich selbst heraus. Was sie lernen, lenkt sie eigentlich nur ab auf einen Abweg ihres Inneren, sie verlernen dadurch ein Stück ihrer selbst, um anstatt dessen Grammatik oder Logik unvollkommen sich anzueignen. In jenen Ländern, wo die Frauen weniger lernen, sind sie viel tiefere Wesen, als unsere Blaustrümpfe.

(...) sie würden wohlthätiger wirken als Mütter, wenn sie wie die Bäume wären, frei von jeder Fessel und Verkrümmung unter dem offenen Himmel; die Frauen sollen nicht da sein, um den Männern in ihren Geschäften zu helfen, indem sie ihnen Gedanken und Rathschläge soufflieren, sondern sie sollen durch ihre bloße Nähe Gedanken und Entschlüsse in den Männern wachrufen und reifen lassen, die diese dann selbst aus sich selbst zu schöpfen haben.

## ÜBER DIE WAHL EINES MANNES

Das, was Naschtenka *(eine Figur in Dostojewskijs Erzählung „Weiße Nächte")* passirt ist, sagte sie, ist typisch für alle Mädchen. Eine jede vergreift sich wenigstens einmal im Leben, ohne daß sie weiß, wann sie es tut. Auch bei Naschtenka weiß man nicht, ob sie sich an dem vergriffen, den sie nahm, oder an jenem, welchen sie ließ. Es ist eine Sache des Schicksals. Die Frauen leben ganz besonders unter dem Stern des Schicksals.

Warum warten? Er war vielleicht gar nicht der, den sie lieben sollte und für den sie geboren war. *(Über Solveig in „Peer Gynt", die auf einen Knaben wartet.)* Man täuscht sich so oft in jungen Jahren und will sein Schicksal sich selbst schaffen. Vielleicht hat der wirklich Erwählte auch auf sie gewartet?

## ÜBER DIE EIFERSUCHT

Es gibt doch noch etwas anderes als die Eifersucht und das Heldenthum, und das sind die Weiden.

## ÜBER DIE UNTREUE

Man weiß nicht, warum die Frauen ihren Männern untreu werden! Die Antwort ist einfach: weil sie ihnen treu bleiben müssen. Dieses Gesetz fordert direct dazu auf, weil es als Gesetz gilt. Und weiß man denn, ob der Gatte wirklich der Erwählte gewesen ist, den das Schicksal bestimmte? Die meisten Mädchen heiraten überhaupt nur aus Sehnsucht nach Freiheit. Übrigens hat die Liebe auch Flügel zum Fortfliegen.

## ÜBER DIE FREUDE

…, die Freude ist nur ein flüchtiges Ding, eine Episode, ein Lückenbüsser während man auf die Sehnsucht wartet, die kommen soll. Diese kommt immer, denn sie ist die Erwartung des Schicksals, das zu erreichen unser Lebenszweck ist; sie ist das Traurigste, was es in der Welt gibt, und deswegen auch das Herrlichste. Alle Wesen, die schön sind, warten auf ihr Schicksal, und wenn sie davon nicht abgehalten werden, sind sie auch traurig.

Das Leben hat nur den einen Zweck, in seiner jeweiligen Form überwunden zu werden, wie eine Krankheit. Und wenn man es überwinden will, darf man sich vor nichts fürchten, soll man alles wünschen, gegen alles gleichgiltig sein.

Sie meinen das Leben, das wir als entwickelte Herdenthierchen führen müssen? … Das ist nichts Neues! Es ist so finster und unwahr, dass man gar nicht zu versuchen braucht, es erträglich zu finden.

Deshalb müssen wir nach Möglichkeiten trachten, wenigstens einige Augenblicke zu erretten, an welchen wir, jeder nach seiner Art, in unser eigenes Leben kommen können. Ich entdecke mich jedes Mal neu, wenn ich in eine andere Atmosphäre gelange, die noch niemand eingeathmet und verbraucht hat. Dann athme ich tief auf, wie aus einer neuen Brust.

Wenn diese ganze Existenz nur provisorisch ist, wozu braucht man die Beständigkeit zu suchen?

## ÜBER DIE VERNUNFT

Haben Sie nicht bemerkt, dass bei Shakespeare die Wahnsinnigen die einzigen Verständigen sind? So weiß man auch im Leben nicht, wo die Vernunft und wo der Wahnsinn sich findet, sowie man auch nicht weiß, ob die Realität der Traum oder der Traum die Wirklichkeit ist. Ich neige dazu, jene Leute für vernünftig zu halten, die man wahnsinnig nennt. Die eigentliche Vernunft hält man für „gefährliche Verrücktheit".

## ÜBER DEN TOD

(…) nur sehen wir unser Leben nicht; beim Tod erst fallen die Schuppen von unseren Augen. Es gibt aber auch Menschen, die noch als Lebende dem Tode näher sind, als dem Leben. (…) Wir haben keine Zeit, den Himmel anzusehen, der auf unsere Blicke wartet. Ich habe einmal eine Bäuerin gesehen in Tölz, wie sie die Suppe den Knechten austheilte. Sie kam gar nicht dazu, ihren eigenen Teller zu füllen.

(…) Der Todesgedanke reinigt wie ein Gärtner, der das Unkraut jätet, wenn er in seinem Garten ist. Aber dieser Gärtner will immer allein sein, und ärgert sich, wenn Neugierige in seinen Garten schauen. Deswegen halte ich den Schirm und Fächer vor meinem Gesicht, damit er ungestört arbeiten kann.

Auf allen todten Gesichtern drückt sich Weh und Hohn aus. Es ist der Hohn des Sieges über das Leben, das so weh gethan.

## ÜBER DAS GLÜCK

Das Glück, das die Menschen innerhalb der Wahrheit suchen, steht unter tragischen Gesetzen. Wir leben am Rande eines Abgrunds von Noth und Schmerz, den die Lüge der menschlichen Gesellschaftsmoral gegraben. Es ist die Kluft zwischen unserem jetzigen Zustand und jenem, in welchem wir uns befinden sollten. Eine Kluft bleibt immer eine Kluft. Sowie wir sie überschreiten wollen, stürzen wir ab und zertrümmern. Wenn der Abgrund mit menschlichem Weh und Leichen von Glück

voll sein wird, wird man ungefährdet darüber hinschreiten.

## ÜBER DAS UNGLÜCK

Die meisten Menschen sind unglücklich, weil sie sich in fortwährendem Conflicte mit der Nothwendigkeit befinden. Wenn man nicht nach seiner Art glücklich sein kann, so bleibt einem nichts übrig, als sein Leid zu lieben. Nur das gibt die Ruhe, und die Ruhe ist die Schönheit auf der Welt. Die Schönheit ist die Ursache und der Zweck aller Dinge.

Das Unglück ist stärker als das Leben und der Wahnsinn wahrer …

## ÜBER IHR INNERES

Unser Inneres ist wertvoller als alle Titel und Würden. (…) Das sind bunte Lappen, womit man sich behängt und Nuditäten zu verdecken glaubt. Sie ändern gar nichts an unserem Wesen. Was an uns von Wert ist, bringen wir in das Leben mit von unseren geistigen Vorexistenzen.

Wenn ich unter den Leuten mich bewege, so gebrauche ich dazu nur jenen Theil von mir, der mir mit ihnen gemeinsam ist. Die Menschen sind erstaunt, mich dann ihnen so ähnlich zu finden, weil ich sie über das Wetter befrage, … Ich verliere nichts dadurch. Es ist wie ein altes Kleid, das man von Zeit zu Zeit aus dem Schrank herausnimmt und auf einen Tag anzieht.

Oft komme ich mir vor wie dicht verschleiert, ohne es zu sein, wie in einer Maskerade: im Costüm einer Kaiserin.

## ÜBER DAS UNBEWUSSTE

Die Seele der Völker ist das gemeinsam Unbewusste in jedem Einzelnen. Was jeder von sich nicht weiß, das wissen die Mengen. Wenn die Bäume blühen oder Früchte tragen, so thun sie es nach denselben Gesetzen, nach welchen die Völker prosperieren.

## ÜBER DIE MENSCHLICHE ZUFRIEDENHEIT

Ich kann den Menschen nicht verzeihen, dass sie, obwohl sie gewöhnlich in einem falschen Zustande sich befinden, dennoch dieses Los selbstverständlich finden und mit sich selbst vollkommen zufrieden sind.

## ÜBER DIE TRÄUME

Unsere Träume sind immer schöner, wenn wir sie nicht verwirklichen.

## ÜBER DAS SCHICKSAL

Ich gehe so wie so immer auf die Suche nach meinem Schicksale. Ich weiß, daß mich nichts davon abhalten kann, es an jenem Tage zu treffen, an dem ich es treffen muss. (...) Das Schicksal macht lange die Augen zu, aber einmal sieht es uns doch. Jene Schritte, die man unterlassen soll, um ihm nicht zu verfallen, gerade die geschehen dann. Und ich thue diese Schritte seit jeher.

Je ferner wir uns selbst werden, desto tiefer sehen wir in uns. Wie in einem Spiegel erblicken wir dann unsere Schicksale.

Die meisten Menschen wollen nicht, dass ihnen die Bande des Schicksals und des Lebens gelöst werden, sie glauben auf diese Weise den Gefahren ferner zu rücken. Aber wir hören trotzdem nicht auf, im Schatten des Schicksals zu leben, und dieser Schatten lauert auf jeden Fleck von Licht. Das Gemeinsame bei allen Menschen ist nicht der Geist, sondern das Schicksal. Manchmal aber wählt das Schicksal irgend einen von uns zu einem herrlichen Gedichte oder zum Fraße wie den Ödipus oder die Medea …

Was wäre, wenn ich einmal ertrinken würde; die Leute würden sagen: „Warum ist sie auf die See gegangen, im Winter, als Kaiserin noch dazu, anstatt in der Hofburg zu bleiben?" Doch vielleicht kommt es noch überraschender, selbst für eine Kaiserin. Das Schicksal gibt

manchmal Ohrfeigen den Gewissheiten und dem Dünkel der Menschen.

## ÜBER DIE WIEDERGEBURT

Das sind Seelen, (…) die aus einer verklungen Zeit neuerdings auf die Erde gekommen sind, um die Träume früherer Menschen fortzusetzen und die der späteren zu ahnen. Sie haben diese Träume aus dem Chaos hervorgezogen, wo sie vor Anfang aller Zeiten schwebten und nur darauf warteten, dass sie jemand erschaue. Auch die geistigen Dinge wollen geboren werden, um die Vollendung des Todes zu erreichen …

## ÜBER KULTUR UND ZIVILISATION

Man muss Cultur und Civilisation unterscheiden. Cultur findet sich auch in den arabischen Wüsten; vor allem noch im Süden und im Osten, wo die Civilisation nicht vorgedrungen ist, auf den Meeren und auf den einsamen Wiesen. Die Cultur ersticken, heißt Civilisation; sie ist im Westen zu Hause. Sie ist eine Ablenkung und Fälschung der natürlichen Ziele der Existenz. Civilisation sind die Tramways, Cultur die schönen freien Wälder. Civilisation ist Belesenheit, Cultur sind die Gedanken. Die Civilisation beansprucht jeden einzelnen Menschen für sich und alle in einen Käfig hinein. Die Cultur hat jeder Mensch für sich, als Erbtheil seiner Vorexistenzen, nimmt sie in sich auf mit jedem Athemzuge, und darin liegt die große Einheit.

Es gibt auch Abstufungen der Cultur und der Civilisation, die aus entgegengesetzten Richtungen kommen und sich begegnen. Wo sie zusammenprallen, da bricht die stumme Klage des Lebens aus. Die Opfer sind die armen dürftigen Leute, denen man die Cultur genommen hat und ihnen dafür die Civilisation aus der Ferne unerreichbar zeigt.

## ÜBER DIE KUNST

Die Kunst ist nur die Schöpfung unserer Sehnsucht nach der Existenz, wie sie uns sein sollte; sie entsteht aus unserem Heimweh nach dem einzigen Vaterlande und ahnt dessen Formen.

## ÜBER DIE POLITIK

Ich habe jetzt mit dem Kaiser Politik getrieben. Ich möchte, ich könnte helfen; aber ich kann vielleicht besser griechisch. Ich habe auch zuwenig Respect vor der Politik und erachte sie eines Interesses nicht wert.

Überhaupt ist das Ganze ein solcher Selbstbetrug! Die Politiker glauben die Ereignisse zu führen und werden immer davon überrascht. Jedes Ministerium hat seinen Fall in sich, gleich vom ersten Augenblick an. Die Diplomatie ist nur dazu da, um von den Nachbarn irgend eine Beute zu ergattern. Aber alles, was auch geschieht, geschieht von selbst, aus innerer Nothwendigkeit und Reife, und die Diplomaten constatiren nur die Thatsachen.

Sie möchten mich zu einer Circe machen; ich wünschte mir, ich wäre es. Dann würde ich auch viele Leute verwandeln, wie die Freunde des Odysseus. Aber die Selbstsucht ist stärker als jede Zauberei. (…)

Jeder Gruß hat seinen Zweck, jedes Lächeln will bezahlt werden. Wenn man das nicht für selbstverständlich hielte, würde man sich auch alle Auslagen ersparen.

Wenn eine Hofdame bei mir ist, bin ich ganz anders. Sie haben es gestern bemerkt. Ich muss den Gräfinnen immer etwas sagen, damit sie antworten können. Das ist nämlich ihr Dienst. Es ist der größte Schrecken der Könige, immer fragen zu müssen. Ich habe mir aber überhaupt eine große Auswahl von Fragen aufgespeichert, weil ich selten dazu komme, sie öffentlich zu vertheilen. Wenn Sie zu mir sprechen, antworte ich oft nur mir selbst, (…) denn Sie sind keine Hofdame: das ist das Gute bei Ihnen. Wenn Sie und die Gräfin bei mir sind, wird es sehr interessant: da muß ich wie zwischen zwei Winden laviren und jeder von euch beiden fühlt mich gegen sich verändert und hält den andern für den Schuldigen.

Sie müssen sich sehr inacht nehmen vor den Intriguen des Hofes. Sie sind noch ein Neuling in diesen Sachen und wissen nicht, wo man die Fallen stellt. Ich rathe Ihnen, bei Besuchen der Leute vom Hofe – Sie wissen, welche ich meine – sehr vorsichtig zu sein. Diese Menschen speisen alle Tage Fasane und Rebhühner, aber eine Stunde ohne Cancans würde sie sterben machen.

O ja! gewiss! Man ist der Kaiserin sehr ergeben. Vielleicht muss ich noch Gott danken, Kaiserin zu sein: sonst ginge es mir schlecht. Man liebt die Kaiserin hauptsächlich, weil man ihr zuliebe selbst etwas sein kann.

Wenn ich unter den Leuten mich bewege, so gebrauche ich dazu nur jenen Theil von mir, der mir mit ihnen gemeinsam ist. (...) Ich verliere nichts dadurch. Es ist wie ein altes Kleid, das man von Zeit zu Zeit aus dem Schrank herausnimmt und auf einen Tag anzieht.

## ÜBER IHRE HAARE

Das Frisiren dauert immer fast zwei Stunden (…), und während meine Haare so sehr beschäftigt sind, bleibt mein Geist träge. Ich fürchte, er geht aus meinen Haaren hinaus in die Finger der Friseuse. Deswegen thut mir dann mein Kopf so weh.

Ich fühle mein Haar. (…) Es ist wie ein fremder Körper auf meinem Kopfe.

Sie müssen entschuldigen, heute bin ich zerstreut. Ich muss meinen ganzen Geist auf die Haare verwenden: denn sie (die Friseuse) hat sich krank gemeldet und die junge Dame hier (das Kammerfräulein) ist noch nicht so eingeweiht in alle Mysterien. (…) Ich bin die Sclavin meiner Haare. Vielleicht werde ich mich doch noch einmal befreien.

Die Dame hat Geist, weil sie ihr Haar kurz trägt; aber ich fürchte, sie hat es nur darum gethan, damit man dies von ihr das sagen könne. Wenn ich meine Haare schneiden möchte aus Überzeugung, weil ich sie für unnöthig halte, würden die Leute wie Wölfe über mich herfallen.

## ÜBER IHRE TURNÜBUNGEN

Wenn die Erzherzoginnen wüssten (...), dass ich in diesem Kleid geturnt habe, sie würden erstarren. Aber ich habe dies nur en passant gethan, sonst erledige ich diese Sache immer in der Frühe oder abends. Ich weiß, was man den Fürstlichkeiten schuldig ist.

Dieses Seil (...) ist dazu da, damit ich das Springen nicht verlerne. Mein Vater war ein großer Jäger vor dem Herrn, und er wollte, daß wir wie die Gemsen springen lernen.

## ÜBER IHRE SCHRIFT

Sie bewundern meine schlechte Schrift. Sie ist so wie ich (...); sie will sich nicht unterjochen lassen.

## ÜBER DAS SPAZIERENGEHEN BEI SCHLECHTEM WETTER

Von morgen werden wir alle Tage mehrere Stunden in Schönbrunn spazieren gehen. Wenn Sie nicht gekommen wären, würde ich dieses Vergnügen entbehren müssen. Den Hofdamen will ich diese Promenade im Winter nicht zumuthen und der Kaiser hat leider keine Zeit dazu.

Mir ist so ein Wetter (es regnet nassen Schnee) am liebsten. Denn es ist nicht für die anderen Menschen. Ich darf es ganz allein genießen. Es ist eigentlich nur für mich da, wie die Theaterstücke, die sich der arme König Ludwig allein vorspielen ließ. Nur ist es hier draußen noch großartiger. Es könnte eigentlich noch tolleren Sturm geben, dann fühlt man sich so nahe allen Dingen, wie in Conversation.

Wie Frösche jagen wir in den Tümpeln. (...) Wir sind wie zwei verfluchte Seelen, die in der Unterwelt irren. Für viele Leute wäre jetzt hier die Hölle. (...) Wenn sie wüsste *(eine ihre bekannte Dame)*, dass ich hier bin, dass ich heute hier spazieren gehe, würde sie meinen, ich sei wahnsinnig geworden. Sehen Sie, meine Hofdamen haben es schon besser, die dürfen zu Hause bleiben und sich die Füße am Kamin wärmen.

## ÜBER DAS SCHREITEN

Ich werde auch niemals müde. (...) Wir haben, meine Schwestern und ich, dies unserem Vater zu verdanken. „Man muss auch gehen lernen“, sagte er uns immer und hielt uns einen berühmten Lehrmeister dafür. Aber unser Lehrer schärfte (...) uns jedesmal ein: „Man muss bei jedem Schritt, den man thut, von dem früheren sich ausruhen können, so wenig wie möglich sich über die Erde schleifen.“ Nur ein Beispiel sollten wir uns vor Augen halten: Die Schmetterlinge. (...)

Aber wir gehen nicht, wie Königinnen gehen sollen. Die Bourbonen, die fast nie zu Fuss ausgegangen sind, haben eine eigene Gangart bekommen – wie stolze Gänse. Sie gehen wie wahre Könige ...

## ÜBER DIE BEHERRSCHUNG DER NATUR

Die Menschen glauben, dass sie die Natur und die Elemente beherrschen durch ihre Schiffe und Expresszüge. Im Gegentheil – die Natur hat jetzt die Menschen unterjocht. Früher hat man sich in einer abgeschlossenen Thalmulde, die man nie verließ, als Gott empfunden. Jetzt rollen wir als Globetrotters wie Tropfen im Meer, und wir werden es schließlich erkennen, dass wir nichts als solche sind.

## ÜBER DIE WOLKEN

Wie die Wolken eilig der Sonne nachrasen. (…) Wie Hexen, die ein goldhaariges Mädchen verfolgen. (…)

Die Leidenschaften des Himmels, die wir täglich sehen, lassen uns unsere eigenen Sorgen vergessen.

(…) diese Wolken sind wie wir: sie wollen auch zum Meere, um sich dort von ihren Erlebnissen auszuruhen. Das Meer ist wie eine große Mutter, an deren Brust man alles vergisst.

## ÜBER DIE STERNE

Da waren Sterne, die ihre Augen nicht schließen konnten, obwohl ihnen die Lider vor Schlaf zufielen, weil sie auf den Mond warteten, und andere, die vor lauter Thränen den Weg nicht mehr recht sahen und unschlüssig nach allen Seiten auslugten. (…) Und von diesen Sternen gibt es Tausende und Abertausende …

## ÜBER EINSAME LANDSCHAFTEN

Wenn ich mich ganz allein in einer einsamen Landschaft befinde, von der ich weiß, dass sie nicht oft betreten wird, fühle ich, dass meine Beziehungen zu allen Dingen ganz verschiedene werden, als wenn auch andere Menschen dabei sind: nur an diesem Unterschiede erkenne ich mich selbst – auf dem Meere, in den weiten Ebenen, wo es keine Winkel gibt, in denen die Menschen sich so gerne ansetzen wie Staub. Das Leben unter den Menschen uniformirt uns alle zu einem schwarzen Haufen, dem nur das Gemeine gemeinsam ist.

## ÜBER DIE BERGE

Wie diese Berge alle schlafen. Das ist nicht bloß Stille oder das Fehlen des Sonnenlichtes, das ist wirklicher Schlaf von lebenden Wesen, von welchen wir nur eine verschlechterte Copie sind.

Dieser Gipfel braucht gewiss nichts anderes als sich selbst – weder andere Berge, noch Thäler, noch die Menschen; und doch hängt er mit allen diesen zusammen …

O, den Wind möchte ich nicht vermissen, wenn ich der Gipfel wäre, und auch die Wolken nicht. All das Gold der Sonne müsste mein sein und die Geheimnisse der Wolken und des warmen Regens. Und dann dieser Kampf, dieser herrliche Kampf! Sehen Sie diese schwachen Sträucher, (…) wie sie sich nur anklammern und zwischen die Felsspalten verstecken (…). Sie sind nicht für diese Bergluft bestimmt. Nur der Stein bleibt fest und zeigt seine Brust …

Hier oben (…) denke ich mir die Nymphen, in den Mondnächten aus den Niederungen zu ihren luftigen

Tänzen heraufkommen und die Wolken im Kreise um die Kuppe des Berges gelagert als Zuschauer, und dann bläst der Wind und jagt alle weg, und der Mond lacht aus vollem Gesicht.

Es gibt so wenig Plätze auf der Erde, (…) die nicht abgetreten sind und somit ihren ursprünglichen Charakter unentweiht bewahrt haben. Darunter rechne ich die Gipfel der Berge (…). Auch die Hügel genügen; sie sind immerhin Inseln der Einsamkeit. Sie haben uns auch mehr zu sagen, weil ihre Beziehungen zu uns weniger getrübt sind. Man fühlt sofort den Unterschied. Ich kann auf den höchsten und einsamsten Höhen der Berge athmen, freier athmen, wo andere sich verloren fühlen würden.

Sehen Sie die Gedanken des Felsens; auch in ihrer Erstarrung geben sie ihm Schönheit; denn sie sind der Felsen selbst und nichts Fremdes an ihm.

## ÜBER INSELN

Sehen Sie (...), wo eine Insel sich ausbuchtet, dort vertiefen sich lieblich alle Traurigkeiten der Welt.

## ÜBER DAS MEER

Das Meer will mich immer haben; es weiß, dass ich zu ihm gehöre. (...)

Ich meine, (...) das Meer entmenscht uns, es duldet nichts von dem Landthierischen an uns. Wenn es stürmt, glaube ich oft selbst eine schäumende Woge geworden zu sein.

Auf dem Meer wird mein Athem weiter. (...) Er geht nach dem Wellenschlage. Wenn die Wellen breiter werden, beginne ich tiefer zu athmen.

Wie eine Dissonanz wirken wir Armselige hier. (...) Und doch gehört das alles zu unserer Seele, (...) und in unseren Geist: dieses ganze, unermessliche, sehnsüchtige

Meer – aber es gibt Stunden, wo es selbst ganz und gar versiegt …

Das Meer ist mein Beichtvater, den ich täglich aufsuchen muss. Es macht mich wieder jung, weil es alles Fremde von mir nimmt und mir seine Gedanken gibt, welche die einzige unsterbliche Jugend sind. Es kann selbst nicht sterben, und deswegen verjüngt es alles um sich.

## ÜBER DAS LEBEN AUF EINEM SCHIFF

Das Leben an Bord ist doch mehr als ein bloßes Reisen. Es ist ein verbessertes, wahreres Leben. (…) Man be-

findet sich wie auf einer Insel, aus der alle Unannehmlichkeiten und Beziehungen verbannt sind. Es ist ein ideales, chemisch reines, krystallisirtes Leben ohne Wunsch und ohne Zeitempfindung. Das Gefühl der Zeit ist immer schmerzhaft, denn es gibt uns das Gefühl des Lebens.

Das Leben auf dem Schiffe ist viel schöner als jedes Ufer. Die Reiseziele sind nur deswegen begehrenswert, weil die Reise dazwischen liegt. Wenn ich irgendwo angekommen wäre und wüsste, dass ich nie mehr mich davon entfernen würde, würde mir der Aufenthalt selbst in einem Paradies zur Hölle. Der Gedanke, einen Ort bald verlassen zu müssen, rührt mich und lässt mich ihn lieben.

## ÜBER DIE WELLEN

Ich bin wie ein Sturmvogel; ich lasse alle Segeltücher abnehmen, um den Anblick der zornigen Wellen nicht zu entbehren. Und jedesmal, wenn eine über Deck schlägt, möchte ich aufjauchzen.

Wenn es stürmisch wird und wir auf hoher See sind, lasse ich mich gewöhnlich an diesen Stuhl anbinden. Ich thue dies wie Odysseus, weil mich die Wellen locken.

Sehen Sie, (…) so viele Freunde *(beim Anblick von Gemälden von Pferden)* habe ich schon verloren und keinen einzigen gewonnen. Viele davon sind für mich in den Tod gegangen, was kein Mensch je gethan haben würde; eher würden sie mich ermorden.

„Niemand bekümmert sich um ihre Gefühle *(beim Anblick von Enten)*. Man behandelt sie fast wie Köchinnen, weil man sie zu der Küche in Beziehung bringt. Wer weiß ob sie nicht einmal auch Königinnen gewesen sind …

Sie macht die Reise ohne jede Begeisterung für das Schöne *(über ihre Ziege, die sie auf Reisen mitnimmt)*. (…) Aber sie hat Pflichtgefühl, denn sie ist eine Engländerin. Das ist mehr wert wie alle Ästhetik. Ich habe sie deswegen mitgenommen. Es gibt keine besseren Nurses als die Engländerinnen …

Bei jeder Reise fliegen die Möwen hinter meinem Schiffe, (…) und jedesmal gibt es eine dunkle, fast schwarze

GOLLA

darunter, wie diese hier. (…) Diese einzige kommt dann bis knapp vor Korfu mit. Einigemale hat mich die schwarze Möwe während einer ganzen Woche begleitet, von einem Continente zum anderen. Ich glaube, sie ist mein Schicksal.

Ich muss es von den Ziegen haben, deren Milch ich so gern trinke. Ich sehe gar nicht darauf, wie die Touristen, wieviel Meter hoch ich steige, sondern ich will nur steigen. Das Steigen ist anziehender als jede erreichte Spitze.

## ÜBER DIE BÄUME

Auch in Gödöllő gibt es einen Baum, der mein bester Freund in dieser Welt ist. (…) Jedesmal, wenn ich hinkomme, und bevor ich abreise, gehe ich zu ihm, und wir blicken uns einige Minuten schweigend an. Er ist der Vertraute meines Lebens. Er weiß alles, was in mir ist und was in der Zwischenzeit geschieht, solange wir uns entfernt sind. Er wird es auch niemand sagen.

Sein Schmerz ist stärker als der Sturm. Er ist wie König Lear. Wenn er auch jetzt vom Blitz getroffen würde, er hat den Tod doch besiegt. *(Über einen alten Baum in Korfu.)*

Ich habe sie absichtlich hier stehen lassen, (...) weil es auch auf der Akropolis die heiligen Ölbäume der Athene gibt. Sie erfüllen einen bestimmten Zweck: sie müssen in ihren Wipfeln alle Sonnenfäden auffangen, die an den Cypressen so trostlos herabgleiten.

## ÜBER DEN WALD

Man dünkt sich so reich und sicher in diesem Walde, der so licht in seinem Dunkel und so bevölkert in seiner Einsamkeit ist. (...)

## ÜBER DIE BLUMEN

Der Wiesenduft kommt bis hier herauf, (...) das können wir nicht mehr lesen ... Dieser Athem der Blumen legt sich merkwürdig schwer auf den Geist. Er ersetzt ihn vollkommen. Wir können dann nicht denken, vielleicht weil wir näher zur Natur treten. Man muss auch schweigen wie die Blumen. Denn ein großer Theil der Schönheit und des Wesens jener ewigen Dinge ist zu schweigen.

Gewöhnlich steigen die Seelen in die Unterwelt und der Körper bleibt zurück. (...) Hier ist das Gegentheil der Fall. Ich glaube, es sind eher ihre Gefühle, die sie in alle Winde streuen. Niemand dankt ihren dafür, sie wissen noch nicht, dass man sein Innerstes in sich verschließen muss. *(Über Seerosen, die ihren Duft verströmen.)*

## ÜBER DIE WIESEN

Jeden Tag eine neue Wiese, schöner als die bisher gesehenen, (...) es ist etwas Wunderbares, Unaussprechliches, wie ein Rausch von Einsamkeit und von Schweigen, das ich jedesmal aus diesen Blumenwiesen in mein Dunkel und in das gewöhnliche Geschrei des Lebens mit hereinnehme.

## ÜBER DAS LEBENSWERK DER GRÄSER

Haben Sie schon darüber nachgedacht, was alles die Werke der Gräser sind? Die Blumen träumen in ihren Armen ihren kurzen Traum; die Nymphen und Elfen Shakespeares tanzen auf denselben; die Hirten lassen ihre Flötenseufzer darin ersticken; die Bäche singen ihnen ihre Lieder und die weidenden Schafe breiten über sie ihre Ruhe aus; die Schmetterlinge überraschen sie mit ihrem Flügelschlage und die Bienen wiegen sich auf ihnen in Schlummer ein. Das ist das Lebenswerk der Gräser!

## ÜBER DIE BLÄTTER

Die Blätter sind überhaupt etwas Nebensächliches, todte Wünsche, die vergessen werden und unausgeführt bleiben, während die Früchte die directen Zwecke der Schöpfung sind. Homer hat Recht, wenn er die Menschen, die um die Helden herum kämpfen, mit Blättern im Walde vergleicht. Sie sind nur da, um neben den Herrlichen zu vegetiren …

## ÜBER DEN TOD DER ERDE

Ist es Ihnen nicht auch so, als ob die Erde schon gestorben wäre und wir die letzten Menschen darauf wären, die wie mit Glasaugen auf die Landschaft des Mondes blicken, der noch früher gestorben ist? Auf einem Leichnam rollen wir jetzt, von einem anderen Leichnam begleitet, durch den Äther. Die Sterne sind auch lauter schimmernde ferne Leichen.

## ÜBER DAS REISEN

Wissen Sie, warum ich so gerne incognito reise? Weil ich es wie die Erde und das Meer thun möchte. Die Namen, die ihnen die Menschen gegeben, gelten doch nur für diese selbst. Sie behalten trotzdem ihre Anonymität, und wo sie am freiesten und einsamsten sind, dort reichen die Menschen mit ihren Nomenclaturen nicht hin.

In Paris durch die Straßen zu gehen, ist mir sehr angenehm, weil der einzelne unter die Menge verloren geht. Auf diese Weise nähert sich diese Civilisation der Cultur.

Ich fühle mich außerordentlich heimisch in Kairo. (...) Selbst im größten Gewühle der Lastträger und der Esel fühle ich mich weniger beengt, als auf einem Hofball und fast ebenso glücklich wie in einem Walde.

## ÜBER DEN MENSCHEN ALS HERDENTIER

Wenn wir Schafe wären, dann wäre auch die Herde das Wahre. (...) Aber wir sind leider weit entfernt von diesem glücklichen Zustande. Deswegen sind unsere Herdengesetze lauter Utopien. Die Schafe leben naturgemäß auf den Weiden. Wenn man sie auf die staubige Landstraße treibt, sind sie erschreckt und verzweifelt, wie im Anblick eines Abgrunds. Wir aber befinden uns fortwährend auf einer solchen Straße, die unserem Wesen feindlich ist, mehr noch, in einem Käfig des Schmerzes und der Noth, den die Forderungen schmieden, die wir selbst und die anderen an uns als Menschen stellen. Wir müssen zuerst frei sein und einsam, um das zu werden, was die Schafe schon längst und immer sind.

## ÜBER MENSCHLICHE BEZIEHUNGEN

Wenn man unsere menschlichen Beziehungen auf solche ewige Dinge, wie es die Blumen oder die Hummeln sind, überträgt, sieht man, wie lächerlich unser Menschenthum ist.

## ÜBER DIE EINSAMKEIT

(...) die Einsamkeit ist eine starke Nahrung.

## ÜBER DAS HERZ DER ERDE

Wir sollen uns über das Herz der Erde beugen und seinem Pochen lauschen. Dort fließen wie in ein Muschelbecken die großen Harmonien zusammen: alle Sonnenstrahlen, die nie erloschen, und die Träume, die noch nicht geboren sind, die Freuden der Blumen, die Schwermuth der Herbste, die Sehnsuchten der Flüsse in die Ferne und das Schweigen der Wolken.

## ÜBER DAS ZIEL

Alle gehen unbewusst, aber sicher einem Ziele zu. (...) Wir wähnen unser Ziel selbst zu finden, durch den Verstand, während es nur gemeinsam zu erreichen ist, mit allen anderen Wesen zusammen. Wir sollten erst so sein wie die Eidechse oder wie die schlaflose Cypresse, dann werden wir auch die Geheimnisse, die in der Welt sind, erkennen. Unser Ziel ist zugleich der Weg zum Ziele, während wir es darüber hinaus suchen und an ihm achtlos vorübergehen.

## ÜBER DAS UNGESCHEHENE

Herrlicher als jede That ist das Ungeschehene. Es ist der Zustand der Wahrheit im Paradiese des ewigen Bestehens, während die That die Vertreibung daraus ist in die Vergänglichkeit ... Und was die Liebe betrifft – sie hat eine bittere Feindin: die Ironie.

## ÜBER DIE WÜNSCHE

Sehen Sie, jetzt sind wir um einen Wunsch ärmer und gewiss um zehn andere reicher. *(Nachdem sie einen Gipfel bestiegen hatte.)* Es ist wie bei den Menschen: für einen Todten zehn Neugeborene. Jedesmal, wenn ein Wunsch in uns stirbt, stirbt ein Theil unseres Inneren ab, und wir werden zu neuen Wünschen geboren, wie die Menschheit zu neuen Leiden. Aber zu wünschen und zu leiden werden wir nie aufhören.

## ÜBER SPRACHEN

Griechisch ist diejenige Sprache, (...) in der meine Gedanken und Worte wie schöne Wesen mir entgegenkommen, um mir eine ungeahnte innere Welt zu eröffnen. Der Anblick derselben macht mich das Außenliegende vergessen.

Der Kaiser spricht noch sehr gut italienisch. Das ist das einzige, was uns übrig geblieben ist von unserem Königreiche – mehr als wir brauchen. Ich habe auch italienisch lernen müssen, aber ich konnte mich nicht damit befreunden. Die ganze Mühe wäre auch umsonst gewesen.

## ÜBER EINE GRIECHISCHE HIRTENFLÖTE

Welche Trauer und Sehnsucht in diesen Tönen! (…) Die alten Menschen haben darin alles hineingelegt, was in ihren Herzen jemals geblüht hat; deswegen hört man jetzt aus diesen wenigen Lauten das ganze Weh und alle Seligkeiten der alten und der neuen Menschheit zusammen.

## ÜBER DAS LACHEN

Lachen und weinen sind wie Asche aus der Glut unserer Seele, worunter sie erstickt …

Wir haben verlernt, zu singen, sowie man auch verlernen kann zu lachen.

## ÜBER DAS THEATER

Eigentlich werden wir immer enttäuscht, denn es sind nur gewöhliche Leidenschaften, die wir zu sehen bekommen, aber wir erkennen sie doch als etwas anderes an, als für was sie sich geben. Wenn wir ergriffen sind, so sind wir es nicht durch die Theatertragik, sondern durch die tieferen Laute, die in unserem Herzen erweckt wurden.

Wissen Sie, welches mein liebstes Shakespeare-Stück ist? (...) Der Sommernachtstraum. Haben Sie das Bild ... gesehen – Titania mit dem Eselskopfe? Das ist der Eselskopf unserer Illusionen, den wir unaufhörlich liebkosen.

## ÜBER DIE STIMME

Sie haben sehr richtig empfunden, dass man durch seine Stimme weder die eigenen Gedanken erwürgen, noch die des anderen verscheuchen soll.

## ÜBER DIE BEGEISTERUNG

Es gibt nämlich nichts Lächerlicheres als die menschlichen Begeisterungen. Gerade die Begeisterten sind die unterträglichsten Leute.

## ÜBER HEINE UND DIE JOURNALISTEN

Die Journalisten rechnen es mir sehr hoch an, dass ich eine Verehrerin von Heine bin; sie sind stolz darauf, dass ich ihren Heine liebe, aber ich liebe an ihm seine grenzenlose Verachtung der eigenen Menschlichkeiten und die Traurigkeit, mit der ihn die irdischen Dinge erfüllten.

## ÜBER DEN WERT DER DINGE

Man sollte alle Sachen nach dem Werte bezahlen, den sie für uns haben. Es gibt nichts Absolutes in unserem Umkreise. Ich würde für ein Buch, das ich gerne haben möchte, oder für eine Blume, die sehr hoch auf einer Hecke steht, mehr ausgeben, als für ein Haus.

## ÜBER DAS ACHILLEION, IHR GRIECHISCHES SCHLOSS

Alles habe ich selbst geordnet, (...) und jedes Stück selbst gewählt. Deswegen bin ich hier weniger fremd als in Wien.

Wir werden aber nur so selten als möglich unsere Zeit zu Hause verbringen. Man soll nur solange als nöthig in den Häusern seine Lebensstunden verbringen, und unsere Wohnungen müssen derart sein, dass sie die Illusionen, die wir jedesmal mitbringen, nicht zerstören.

## ÜBER EINE QUELLE BEI EINEM KLOSTER IN KORFU

Ich werde ein anderesmal kommen, (...) und dann werde ich Sie bitten, mich hinzuführen. Ich muss der Quelle einen Dankbesuch machen, weil das Wasser so gut war.

## ÜBER DAS SCHWEIGEN IM WALD

Dieses Schweigen, dieses Innehalten alles Lebens wirkt berauschend. Etwas glüht in uns auf, während um uns alles erlischt …

## ÜBER DAS GUTE UND DAS BÖSE

Mich kann man nie beeinflussen, weder zum Guten, noch zum Bösen, denn ich überlasse alles meinen innerlichen Stimmen und dem Schicksal.

## ÜBER DIE ZERSTÖRUNG DURCH MENSCHEN

Es ist merkwürdig, wo Menschen hinkommen, muss alles zerstört sein. Die Menschen thun den Dingen immer Unbill an, nur wo die Dinge allein sind, behalten sie ihre ewige Schönheit. Deswegen zeige ich auch den Leuten nicht mein Schloss. In einigen Monaten würde kein Stein mehr aufrecht stehen; sie schreiben überall ihren

Namen hin, wie, um auf die Steine selbst das Siegel ihrer Nichtigkeit aufzudrücken und sie in ihren eigenen Untergang mitzuziehen.

## ÜBER DIE TRÄNEN

… die wahren Thränen kann man nicht weinen, und die man weint, verrinnen alle umsonst.

## ÜBER IHRE MENSCHENKENNTNIS

Vom ersten Blick an weiß ich, was die Menschen bedeuten. Man könnte zu mir kommen und mir von jemanden sagen, er sei ein Dante und mir seine „göttliche Comödie“ vorweisen, ich würde es nicht glauben, wenn ich nicht von ihm wüsste, dass er so sein könne. Es gibt aber auch Menschen, die herrlich und gewaltig sind wie Berge und an denen man ebenso verständnislos vorübergeht wie an den Bergen.

## ÜBER DAS EINSSEIN MIT DER WELT

Wir sind ein Stück dieser Welt, warum wollen wir soviel wissen und grübeln. Glauben Sie, dass die Ölbäume darüber nachdenken, warum die Mohnblumen roth sind, oder warum die Wolken abends leuchten? Auch die Felsen machen sich keinen Begriff von der Meteorologie. Alle diese Dinge leben in einer Tiefe, wo es keine Geheimnisse gibt – weil sie alle miteinander und ineinander leben; nur wir haben uns außerhalb der Welt gestellt; wir haben alle Brücken und Bande abgebrochen.

## ÜBER DIE VERGÄNGLICHKEIT

Wenn man bedenkt, (…) dass nach hundert Jahren kein Mensch mehr aus unserer Zeit da sein wird, aber kein einziger – und wahrscheinlich auch kein Königsthron mehr – alles was uns nothwendig und dauernd und groß erscheint, wird nur dazu da gewesen sein, um zu jener Zeit nicht zu sein – während diese Mohnblumen hier immer da sein werden, diese selben Wellen immer so einsam rascheln werden …

## ÜBER IHREN BRUCH MIT DER TRADITION

Die Leute wissen nicht, was sie mit mir beginnen sollen, (...) weil ich in keine ihrer Traditionen und längst anerkannten Begriffe hineinpasse. Sie wollen nicht, dass man ihre Schubladenordnung störe. So gehöre ich denn mir ganz. Auf meinen Spaziergängen laufe ich auch wenig Gefahr, civilisirten Menschen zu begegnen; denn sie ziehen mir nicht nach in die Einöden. Da haben sie wohl Besseres zu thun.

## ÜBER DIE EINFACHEN LEUTE

Es gibt aber Menschen, die mir ebenso angenehm sind wie die Bäume und das Meer, weil sie ebenso sind wie die Bäume und das Meer. Das sind die Fischer, die Landleute und die Dorfnarren, Leute, die wenig unter den vielen Menschen sich bewegen und viel mit den ewigen Dingen verkehren. Sie geben mir mehr als ich ihnen je als Kaiserin geben könnte. Deswegen verlasse ich sie immer mit großer Dankbarkeit: sie befreien mich von etwas Fremdem und Beengendem, was an mir haftet und mich bedrückt …

## ÜBER GENF, WO SIE SPÄTER ERMORDET WURDE

Ist es nicht merkwürdig? wenn ich in der Schweiz bin, habe ich gar kein Bedürfnis nach den Bergen – vielleicht, weil es die anderen Leute haben. Da ziehe ich vor in den Städten zu flaniren, zumal in Genf. Es ist mein liebster Aufenthalt, weil ich ds ganz verloren gehe unter den Kosmopoliten: das gibt eine Illusion von dem wahren Zustande der Wesen.

## ÜBER IHR GRAB UND DIE TRAUER NACH IHREM TOD

Ich will nämlich, dass man man mich hier *(in Korfu)* begrabe, wenn ich nicht einmal im Meere ertrinken sollte. (…) Hier werde ich über mir nur die Sterne haben, und die Cypressen werden genügend seufzen um mich, mehr als die Menschen je thun möchten: in ihren Klagen werde ich ewiger leben als im Gedächtnisse meiner Unterthanen. Bei den Cypressen ist das Traurigsein und das Klagen Lebensfunction, wie bei den Menschen das böse Gerede und die Verleumdungen.

Die deutsche Bibliothek - CIP-Einheitsaufnahme
Daimler, Renate (Hg): „Frei sollen die Frauen sein …“ :
/ Renate Daimler. -
Wien : Brandstätter, 1998
ISBN 3-85447-812-7

1. Auflage 1998

Die graphische Gestaltung des Werkes sowie der Entwurf
des Schutzumschlages stammen von Peter Manfredini.
Das Lektorat besorgten Michael Neugebauer und Barbara Sternthal
unter Mitarbeit von Elke Oberortner,
die technische Herstellung Josef Embacher.
Gedruckt wurde bei der Druckerei Theiss in Wolfsberg.


ISBN 3-85447-812-7

Christian Brandstätter Verlagsgesellschaft m.b.H.
1080 Wien, Wickenburggasse 26
Telephon (+43-1) 408 38 14
Fax (+43-1) 408 72 00
e-mail: books@cbv.co.at

Bildnachweis:

Austrian Archives/Christian Brandstätter, Wien:
Abbildung auf der Umschlag-Vorderseite

Kunsthistorisches Museum, Wien:
Seite 38

Österreichische Nationalbibliothek, Wien, Bildarchiv:
Seite 4, 9, 17, 18, 23, 26, 31, 35, 43, 47, 53, 59, 62, 66, 71, 77
sowie die Abbildung auf der Umschlag-Rückseite

Sotheby's, Wien:
Seite 50

Die Zitate der Kaiserin Elisabeth von Österreich stammen aus:
Constantin Christomanos
*Tagebuchblätter. I. Folge.*
Verlag von Moritz Perles. Wien 1899.

Außerdem erschienen:

VERLAG CHRISTIAN BRANDSTÄTTER

Brigitte Hamann und Elisabeth Hassmann (Hg.)
ELISABETH
*Stationen ihres Lebens*

Gerda Mraz und Ulla Fischer-Westhauser
ELISABETH
*Wunschbilder oder Die Kunst der Retouche*

Ingrid Haslinger
TAFELN MIT SISI
*Eßgewohnheiten und Rezepte der Kaiserin Elisabeth von Österreich*

VERLAG DEUTICKE

Renate Daimler
DIANA & SISI
*Zwei Frauen – ein Schicksal*
Herausgegeben von Kurt Langbein und Christian Skalnik